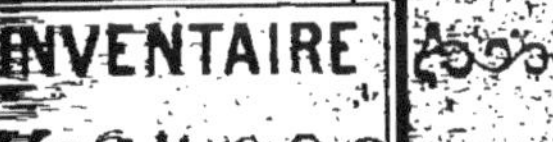

L'Abeille Ardennaise.

POÉSIES

PAR

LEFÈVRE-BRÉART,

Membre et lauréat de plusieurs Académies françaises et étrangères, auteur de la Lyre des Écoles, *des* Entretiens familiers sur l'Agriculture et sur l'Horticulture, *etc., etc.,*

A LAUNOIS (Ardennes).

PRIX DE CE RECUEIL : 60 centimes,

(Au profit d'une œuvre de charité)

Se vend :

A Launois (Ardennes), chez l'Auteur,

A Mézières, M. F. DEVIN, Imprimeur, Libraire et Éditeur.

A Paris, Chez MM. HACHETTE, rue Pierre-Sarrazin, 4.

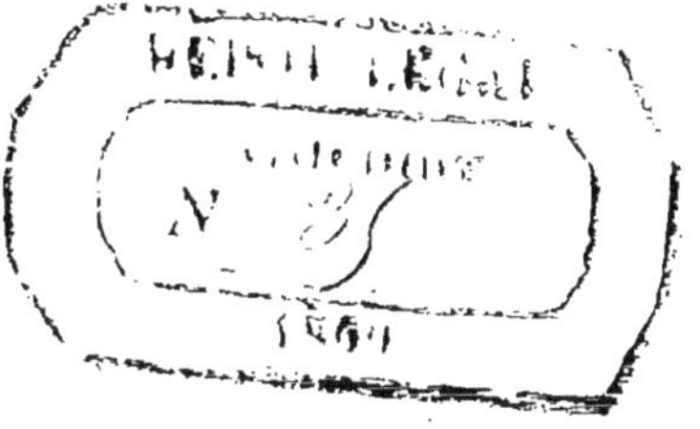

POÉSIES.

LES SAISONS

Comparées aux différents âges de la vie humaine,

OU

TRAVAUX ET PLAISIRS DES CHAMPS.

O calme heureux des champs, doux silence des bois,
Bocage où l'oiseau seul fait entendre sa voix,
Ruisseau paré de fleurs, ombragé de verdure,
Vallon que trouble à peine un suave murmure,
C'est vous que je chéris ! De vos tableaux touchants
Ma muse veut charmer, veut embellir ses chants :
Vous seuls ne trompez pas. L'homme en votre présence
Se sent ému d'amour, pénétré d'innocence ;
Vous inspirez son cœur, vous lui rendez la paix,
Et vos plus doux plaisirs sont encor des bienfaits.

(AIMÉ MARTIN).

Inspirez donc mes chants, beaux lieux, frais paysages,
Où la vie est plus pure, où les mortels plus sages
Ne se reprochent point le plaisir qu'ils ont eu !
Qui fait aimer les champs, fait aimer la vertu....

(DELILLE).

Le Printemps.

« L'année a son aurore, ainsi que la journée.
« Ah ! malheureux qui perd un spectacle si beau !
« Le jeune papillon, échappé du tombeau,
« Qui sur les fruits naissants, qui sur les fleurs nouvelles,
« S'envole frais, brillant, épanoui comme elles,
« Jouit moins, au sortir de sa triste prison,
« Que le sage au retour de la jeune saison,
« Lorsque sur les coteaux, sur les monts, dans les plaines,
« Tout est gazon, zéphyr, ou ruisseaux, ou fontaines.

(DELILLE).

Fuyez ! cruels frimas, fuyez ! noires tempêtes
Qui suspendiez la neige et les vents sur nos têtes !...
Le printemps nous ramène et la joie et les chants,
Avec les doux zéphyrs l'air embaumé des champs ;

Les tapis azurés, les fleurs et le feuillage,
Les chants harmonieux des oiseaux du bocage,
Dont la voix retentit jusque dans le vallon,
Que ne désole plus le fougueux aquilon,
Où serpente, où murmure une eau fraîche et perlée
Qui donne la fraîcheur aux fleurs de la vallée....

Le roi de la nature, ivre d'un doux bonheur,
En voyant ces beautés bénit le Créateur ;
Son âme vers les cieux s'élève rayonnante
Avec les doux parfums de la rose naissante,
Avec l'encens qui fume en nuage odorant
Dans les temples sacrés qu'habite un Dieu puissant !..

Cette saison chérie est la parfaite image
De l'époque où l'enfant entre dans le bel âge :
La verdure et les chants, les parfums et les fleurs
Chassent bien loin de lui les soucis et les pleurs.

Quand le printemps reverdit la prairie,
Qu'il donne aux bois leurs joyeux musiciens,
C'est par ce chant que l'enfant remercie
L'Etre éternel qui lui donne ces biens :

LE PRINTEMPS.

J'aime les fleurs que le printemps fait naître,
Je les cultive avec un tendre amour ;
Quand au matin je les vois reparaître,
J'ai du bonheur pour le reste du jour.
Lorsque j'entends l'abeille qui bourdonne,
L'oiseau qui chante à l'ombre du bosquet,
Je suis heureux que le bon Dieu me donne
Des plaisirs purs exempts de tout regret.

CHOEUR.

Qu'on est heureux à la campagne
Quand le printemps embellit les coteaux !
Que l'air est pur à la montagne !
Oh ! qu'ils sont doux les chants des gais oiseaux !

Assis sur l'herbe et dans un frais bocage,
C'est vers le ciel que je lève les yeux,
Lorsque l'oiseau, caché dans le feuillage,
Fait retentir des chants mélodieux.
Près du ruisseau, qui doucement murmure,
Dont l'eau limpide argente le gazon,
Je bénis Dieu, l'auteur de la nature,
Pour les beautés qu'il répand à foison.

Qu'on est heureux, etc.

En parcourant la prairie et la plaine,
De tous côtés résonnent de doux chants ;
Et les zéphyrs par leur suave haleine
Font onduler les mille fleurs des champs.
Sur les coteaux, couronnés de verdure,
Que le soleil dore de ses rayons,
Mon cœur ému pieusement murmure
Une hymne au Ciel pour ses précieux dons.

Qu'on est heureux, etc.

Le soir venu, je contemple en silence
Le ciel d'azur d'étoile parsemé ;
Alors, des cieux l'astre argenté s'élance
Pour éclairer le monde parfumé.
Tout est repos dans l'air et sur la terre,
Aucun souci ne trouble mon bonheur ;
Comme l'oiseau, dans sa couche de lierre,
Je dors en paix sous l'aile du Seigneur !

Qu'on est heureux, etc.

Sur l'univers la Providence
Répand la verdure et les fleurs,
Et tous nous sentons l'influence
De ses merveilleuses faveurs.

Dieu, des sommets de l'Empyrée,
Conduit les globes lumineux ;
Sa main, dans la zône éthérée,
Décrit leurs orbes radieux....

Notre œil, ébloui de lumière,
Se repose agréablement
Sur les gazons que la rivière
Arrose de ses flots d'argent.

Le chêne étend son vert feuillage
Sur les coteaux couverts de fleurs,
Et des oiseaux le doux ramage
Résonne en harmonieux chœurs.

Oh ! quelle est ravissante et douce
La main qui décora les cieux !
Elle orne de lierre et de mousse
La cabane du malheureux.

Le soleil caresse et pénètre
Son réduit où le feu manquait :
En se glissant par la fenêtre,
Avec lui l'espoir reparaît !

Plus de soucis déchirant l'âme,
Plus de larmes ni de regrets
Quand pétille la chaude flamme
Qui dore tout de ses reflets....

Le pauvre craint-il la froidure,
Ou l'inclémence des saisons,

Quand il voit près de sa masure
Les fleurs émailler les gazons ?...

Une voix lui dit à l'oreille :
« Viens, viens, sous mon dôme étoilé ;
« Viens-y lorsque l'oiseau s'éveille,
« Quand mon beau soleil est levé !

« Si par ma puissance suprême
« L'univers sortit du néant,
« C'est pour tous, et c'est pour toi-même
« Que le soleil est si brillant !

« Tous ont des droits à la richesse,
« Aux beautés que tu vois aux champs ;
« Tous espérez en ma tendresse,
« Ma main est pleine de présents !

« De l'orphelin je suis le père,
« Des malheureux le protecteur ;
« Je suis sensible à la prière,
« Aux cris poussés par la douleur.

« Nul monarque dans sa puissance
« Ne fut vêtu comme le lis ;
« Autour de toi vois l'élégance,
« Le velouté de ces tapis.

« Ici, brillent des fleurs écloses
« Dès que l'aube sourit au ciel ;
« Là, des fruits d'or, plus loin, des roses
« Te charmeront à ton réveil ;

« Là-bas, c'est le charmant murmure
« De la cascade du coteau,
« Dont l'onde, à travers la verdure,
« Court rejoindre un petit ruisseau ;

« Là, c'est l'abeille qui bourdonne
« En butinant la blanche fleur,
« Ou c'est l'insecte qui frédonne
« Ses premiers instants de bonheur ;

« Et sous tes pas c'est la prairie
« Où s'ébat le joyeux troupeau,
« Que paît la bergère jolie,
« Fleur rose et blanche du hameau ;

« Porte tes regards vers la plaine
« Où croissent de belles moissons :
« Que ces trésors calment ta peine,
« Bénis Dieu, reprends tes chansons. »

Tout renait sous la chaude haleine
Des doux zéphyrs et du printemps ;
L'âme peut contenir à peine
Ses sentiments reconnaissants....

Le soir, c'est la douce harmonie
De la cloche aux sons argentins
Qu'appellent aux pieds de Marie (1)
Des vierges les concerts divins !

La voûte du temple résonne
Du chant des cantiques pieux,
Pendant qu'une vierge couronne
La Vierge qui triomphe aux cieux !

---

(1) Le mois de Marie, à la clôture duquel une jeune fille pose une couronne sur la tête de la statue de la Vierge Marie.

L'Eté.

« Majestueux été. . . . .
« Que tes nuits ont de charme ! et quelle fraîcheur pure
« Vient remplacer des cieux le brûlant appareil !
« Combien l'œil, fatigué des pompes du soleil,
« Aime à voir de la nuit la modeste courrière
« Revêtir mollement de sa pâle lumière,
« Et le sein des vallons, et le front des coteaux ;
« Se glisser dans les bois, et trembler dans les eaux ! »
(Delille).

Le soleil radieux à l'horizon s'élève,
Et par ses chauds rayons il dessèche ou soulève
Les perles de rosée ; et le lis odorant
S'incline sous les feux du tropique brûlant ;
Et quand souffle l'auster, par les vents inclinée,
La frêle fleur des champs est bien vite fanée....

Heureuses sont les fleurs des humides bosquets
Qui croissent à l'abri de l'arbre des forêts,
Dont le solide tronc résistant à l'orage,
Les couvre de son ombre et de son frais feuillage,
Ou qui baignent leur pied au sein de claires eaux !
Leur tige se décuple en verdoyants rameaux....

Heureux aussi l'enfant qui trouve dans son père
Un mentor dévoué qui sagement l'éclaire,
Lorsque s'ouvre son âme au foudroyant poison
Qui brûlerait son cœur, éteindrait sa raison !...

Heureux, heureux celui que guide la sagesse,
Que conduit le devoir, et qu'un beau zèle presse

A cultiver les champs où croît avec la fleur
L'amour pur et sacré qu'on doit au Créateur !
C'est dans ces lieux bénis qu'il trouve l'abondance,
Le repos, le bonheur, la paix et l'innocence.
Qu'il est heureux, mon Dieu ! l'habitant du hameau !
Il coule de longs jours au pied d'un vert coteau ;
Nul bruit inquiétant n'attriste son oreille,
Soit qu'il travaille aux champs, soit qu'il dorme ou qu'il veille ;
La campagne à toute heure offre à tous ses désirs
Des fruits et des moissons, des prés pleins de saphirs.
Eloigné du tumulte et du tracas des villes,
Il peut se reposer près des ondes tranquilles
Qui caressent l'azur, l'or et les diamants
Qu'on voit étinceler sur leurs bords ravissants ;
Ou bien s'y rafraîchir quand la soif le tourmente
Après une journée en labeurs fatiguante,
Et quand l'autan vomit de ses ardents poumons
La torride vapeur qui jaunit les moissons....

Toujours des plaisirs purs naissent à la campagne.
Le corps se fortifie à l'air de la montagne.
Ici l'âme s'épure à l'aspect des forêts
Qui dominent la plaine et les riants guérets;
L'esprit, libre de soins, exempt d'inquiétude,
Fait du livre des champs sa principale étude ;
Partout il aperçoit sur ses brillants feuillets
D'un pouvoir souverain les merveilleux secrets ;
Il contemple, il admire, il compare en silence
Des chefs-d'œuvre divers la forme et l'élégance...

L'égoïsme orgueilleux, le crime sans pudeur
Souvent sont ignorés aux champs du laboureur.
Si le méchant parfois en secret s'y faufile,
Comme y rampe et s'y cache un dangereux reptile,
Soudain le châtiment repousse, anéantit
Celui qu'un vil instinct corrompt ou pervertit...

Il faut donc avouer qu'aux champs, comme à la ville,
Le vice quelquefois y jette à flots sa bile ;
Que près de la colombe ou du triste ramier,
Se trouve le vautour à la serre d'acier ;
Que sous la blanche fleur se glisse la vipère (1)
Qui fascine sa proie en rampant sur la terre ;
Que près du tendre Abel, apparaît un Caïn ;
Et près du grand César surgit un assassin !...

Le mal, on le sait trop, du bien est l'adversaire.
Dans son palais on voit l'heureux millionnaire
Se livrant aux penchants de ses goûts fastueux,
Rester froid, insensible aux cris du malheureux ;
La misère en haillons coudoyer la richesse ;
Le travail se heurter au seuil de la paresse ;
L'avare cousu d'or repousser durement
Et la veuve qui pleure et l'orphelin souffrant ;
Le vice et le mensonge oppresser l'innocence
Pour éteindre la soif d'une ignoble vengeance ;
Le chamois expirer sous la dent du guépard !...
Sur la campagne en fleurs portons notre regard.

(1) Voici ce que dit Buffon de la *vipère* : « Corps cylindrique, écailleux, couleur brune et roussâtre ou d'un gris cendré ; ligne noire sur le dos, tâches noires sur les flancs, tête déprimée, langue fourchue, dents aiguës, crochets à venin. » — Cet animal cause de très-graves accidents à la suite de sa morsure. Pour en combattre les effets, on se sert de l'huile de *térébenthine* appliquée sur la plaie, ou de *l'alkali volatil* dont on bassine la morsure. — Son nom est l'abrégé de *vivipare*, parce qu'elle met au monde ses petits vivants. — Voici un trait rapporté par un auteur moderne qui prouve que la vipère possède l'art de fasciner sa proie. « Je me promenais, dit-il, près d'une bicoque ruinée, envahie par des ronces semées de fleurs champêtres. Un joli petit oiseau, un roitelet aux ailes brunes et au cou bariolé, sautillait dans le fourré, avec la dextérité inquiète qui caractérise ces mignons individus du grand genre des becs-fins. Je m'arrêtai à contempler les évolutions de ce petit oiseau ; et, en le suivant dans le frou-frou de ses ébats, j'aperçus, roulée sur une pierre et bouche béante, une vipère..., dont les yeux étaient fixes et ouverts sur le roitelet qui, *fasciné* par ce regard magnétique, se débattait en vains efforts pour lui échapper. Il ne pouvait pas s'élever dans son vol allourdi ; ses ailes frissonnaient mais le soutenaient à peine ; et, chose étrange, au lieu de s'éloigner, il se rapprochait sensiblement de la vipère, qui témoignait sa joie par d'imperceptibles clignements d'yeux et des baillements gloutons. Enfin, comme si un courant aimanté eût attiré le roitelet, il se pencha sur la tige d'un liseron rose qui pliait sous son poids léger, et tomba, la tête la première, dans le gouffre vivant où il s'engloutit. Un dernier frémissement de ses pauvres petites ailes m'apprit qu'il avait cessé de souffrir. »

A la campagne on hait le crime et l'artifice,
Comme on chérit ailleurs le mensonge et le vice.
L'air parfumé des champs insuffle dans les cœurs
Et des fleurs et des bois les suaves senteurs,
Ces baumes précieux, dont l'effet salutaire
Calme les passions qui désolent la terre...
Et quand vibrent des champs des sons mélodieux,
On chante avec l'oiseau : qui chante est vertueux...

Le méchant ne se plaît qu'aux vapeurs de l'orgie,
Que dans ces lieux infects où s'entasse la lie
Qui déborde dans l'ombre, au sein de la cité,
Pour y cacher sa honte et sa perversité.
N'écoutant que la voix du vice qui l'anime,
C'est là qu'il satisfait ses penchants pour le crime.
Comme l'oiseau des nuits, il redoute le jour :
Le cri de la chouette est pour lui chant d'amour !...

Pourquoi s'éloignait-il des champs qui l'ont vu naître,
Où dès l'aube naissante il voyait reparaître
Le soleil qui dorait la cime du coteau ?
Pourquoi délaissait-il son paisible troupeau,
La prairie et les bois, les fleurs et la verdure,
Le ruisseau qui roulait une onde fraîche et pure ?
Oh ! pourquoi fuyait-il ses champs et ses moissons,
Ses parents, ses amis, ses joyeux compagnons ?

Hélas ! hélas ! c'était pour courir à la ville,
Dans quelque Babylone où le vice en guénille
Cache dans la nuit sombre un cynisme effrayant,
De la perversité coupable et triste enfant !...
Méprisant le travail qui procure l'aisance,
Qui donne la santé, la paix, la confiance,
L'imprudent campagnard, par le luxe trompé,
Echange son beau champ, d'arbres enveloppé,
Contre un maudit tripot, la honte de la ville,
Qui sert au criminel de refuge ou d'asile,
Où se cache la honte, où l'ivresse en fureur
Se livre aux vils ébats d'une scène d'horreur !...

Le travail, chers amis, ennoblit l'existence ;
Il donne le bonheur à la persévérance ;
On le trouve partout, aux champs, à l'atelier,
Prodiguant ses faveurs à l'honnête ouvrier,
Qui résiste à la voix, douce et fascinatrice,
D'un amour effréné, d'un dangereux caprice ;
Fidèle à ses devoirs, insensible à l'orgueil,
Il chasse rudement la honte de son seuil.
Le vice qui s'éloigne au loin de la chaumière,
Réserve à d'autres lieux sa rage meurtrière ;
Et le sage artisan, modérant ses désirs,
Trouve dans ses labeurs ses plus nobles plaisirs.
Ignorant des grandeurs la dangereuse ivresse,
Pour lui le travail est un titre de noblesse...
C'est aux champs que vivaient les sages d'autrefois,
Et que de la nature ils méditaient les lois.
Dans sa simplicité, confiante et rustique,
L'habitant du village, à cette époque antique,
Trouvait le vrai bonheur, la joie et le repos
Au sein de sa famille et dans de doux travaux.
Méprisant les honneurs, le luxe et l'opulence,
Et craignant des cités la perfide influence,
Il bornait ses désirs à cultiver ses champs,
A faire bénir Dieu par ses nombreux enfants,
A soulager le pauvre en proie à la misère :
La veuve et l'orphelin l'appelaient leur bon père !
Ce titre était plus doux et plus cher à son cœur
Que les titres pompeux donnés par la faveur... (1)

(1) Je ne puis mieux faire, pour donner un certain poids à la pensée exprimée par ces vers, que de rapporter ici ce que M. *Henri de Serres* a dit dans la *Revue contemporaine,* à propos de l'extinction de la mendicité.

« La vie des champs, dit-il, inspire le respect de la famille, l'amour du travail, le goût de l'ordre et de l'économie, et développe les forces physiques au lieu de les étioler comme le font la plupart des professions mécaniques. La population qui se livre à la culture des terres est plus robuste et moins corrompue que celle des grandes villes, et c'est chez elle, sans contredit, que l'Etat trouve les hommes les plus propres, par la vigueur et la taille, au service des armes. Les enfants qui appartiennent à cette classe ont d'ailleurs presque tous reçu les éléments les plus essentiels de l'instruction religieuse ; or, ces premières impressions ne s'effacent jamais, et suffisent bien souvent pour préserver le jeune homme de ces égarements qui sont la pente la plus glissante pour arriver à la misère. Là, enfin, la vie de chacun est en quelque sorte publique, et nul n'y saurait cacher, comme dans les villes, des habitudes d'oisiveté et de débauche ; frein salutaire qui retiendra souvent beaucoup de ceux qui seraient tentés d'échapper aux obligations d'une vie laborieuse et réglée »

2

Sous le Cancer l'herbe s'incline
Au souffle de l'Été brûlant ;
Les prés, les bois et la colline
Se nuancent plus fortement.

C'est la saison où l'herbe fraîche
Se roule sur le fer tranchant,
Qu'un chaud rayon de soleil sèche
Et que le rateau jette au vent.

Le char gémit, les bœufs mugissent
Sous le joug qui courbe leurs fronts ;
Les monceaux d'herbe et de fleurs glissent,
Séchés, sur le char aux moissons.

Que de gaîté dans la campagne
Quand reparaît cette saison !
Le vieil écho de la montagne
Se réveille à la fenaison...

Les saintes hymnes, la prière
Délassent des rudes labeurs ;
L'âme s'envole de la terre
Avec les chants des sacrés chœurs.

Au bruit des cloches du village
De son temple sort l'Eternel,
Qui trouve sous un frais feuillage
Pour trône un verdoyant autel ! (1)

Partout des fleurs et des guirlandes
Se balancent au gré des vents :
Ce sont les rustiques offrandes
Des pieux habitants des champs !

(1) La Fête-Dieu.

Avec les fleurs et la verdure
Apparaissent les premiers fruits,
Ces doux trésors que la nature
Nous donne avec les blonds épis.

Des champs les richesses nouvelles
Comblent les vœux du laboureur :
Les milliers monceaux de javelles
Sont encor des dons du Seigneur !...

La main de l'indigent ramasse
Les épis par le fer brisés ;
En panicule il les entasse
Sous ses débiles bras lassés.

Et le soir gaîment il chemine
Sous le poids de son cher fardeau,
Ne craignant plus, pour sa chaumine,
De la faim le cruel fléau.

La paix, cet ange tutélaire,
Dissipe les noires frayeurs
Qui s'abritent dans la chaumière
Avec les chagrins et les pleurs.

Avec la paix et l'abondance,
Reparaît la douce gaîté,
Qui verse des flots d'espérance
Dans l'asile déshérité.

Si Dieu vous donna la richesse,
Riches, puissants, heureux du jour,
Aux mendiants, dans la détresse,
Donnez, donnez à votre tour !...

De Booz imitez l'exemple
Quand les Ruths glanent dans vos champs ;

Dans les cieux l'Eternel contemple,
Bénit les humains bienfaisants.

Ici les biens sont périssables,
Les coups du sort sont furieux ;
Mais les biens du ciel sont durables :
L'aumône est le chemin des cieux !

La Charité.

La charité, cette vertu sublime,
Régénéra l'antique humanité
Qui s'écroulait sous la rage du crime,
Tyran cruel couvert d'iniquité !...
L'homme avili, noblement se relève
Quand apparaît l'étendard radieux ;
Lorsque le Fils rédempteur parachève
L'œuvre immortel du Père glorieux !

CHOEUR :

Fille chérie,
Oh ! sois bénie,
Inépuisable charité !
Du ciel tu descendis sur terre
Pour apaiser les maux et la misère
Qui font gémir l'humanité !

La charité, du ciel la douce fille,
Sèche les pleurs et calme les tourments ;
Sa tendre main, dans la pauvre famille,
Porte de l'or, du pain, des vêtements.

Ingénieuse et tendrement pressante,
Riche d'amour, pleine d'activité,
Semant partout de sa main bienfaisante
Ses doux trésors : telle est la charité !

Fille chérie, etc.

La charité visite la chaumière,
Triste réduit désolé par la faim,
Où, gémissant, l'orphelin en prière
Demande à Dieu du courage et du pain....
C'est toi bel ange, ange aux ailes de flamme
Qui par la main conduit ces bonnes sœurs (1)
Et les Vincent (2), qu'un tendre amour enflamme
Dans ces palais (3) bâtis pour les douleurs !...

Fille chérie, etc.

O Charité, céleste messagère
Du Dieu d'amour qui mourut sur la croix,
Etends sur nous ton aile tutélaire,
A tous les cœurs fais entendre ta voix !
Radieux phare, étoile vénérée,
Sois l'étendard qui conduise nos pas
Dans les beaux champs de la zône éthérée
Où le bonheur suit de près le trépas !...

Fille chérie, etc.

(1) Les sœurs de charité, dont M. de Lamartine a dit :
« Ces épouses du Christ au chevet des misères,
« Mères de tous les fils et sœurs de tous les frères. »

(2) Saint Vincent-de-Paul, un des plus grands bienfaiteurs de l'humanité.

(3) C'est le Christianisme qui a fondé les hôpitaux : on les voit s'élever et s'accroître avec la ferveur religieuse ; on les voit se fermer et se détruire à mesure que s'éteignent la foi et la charité. — Tous les étrangers, qui visitent la France, sont étonnés du nombre et de la somptuosité des hôpitaux : ce qui a fait dire aux Anglais : « Les Français logent leurs pauvres dans les palais. » — Les anciens Grecs et les Romains n'en avaient pas. — On croit que les premiers furent fondés à Jérusalem pour recevoir les pèlerins qui venaient visiter la Terre-Sainte. Ils se multiplièrent ensuite dans toute l'Europe chrétienne ; chaque abbaye, chaque monastère, chaque cathédrale même eut son hôpital.

L'Automne.

« Si du printemps nouveau l'on chérit les faveurs,
« Les beaux jours expirants ont aussi leurs délices :
« Au printemps de l'année on bénit les prémices ;
« Dans l'automne, ces bois, ces soleils pâlissants
« Intéressent notre âme en attristant nos sens :
« Le printemps nous inspire une aimable folie ;
« L'automne, les douceurs de la mélancolie.
« On revoit les beaux jours avec ce vif transport
« Qu'inspire un tendre ami dont on pleurait la mort ;
« Leur départ, quoique triste, à jouir nous invite :
« Ce sont les doux adieux d'un ami qui nous quitte ;
« Chaque instant qu'il accorde, on aime à le saisir,
« Et le regret lui-même augmente le plaisir. »

(Delille)

Les chaleurs du Cancer s'éteignent en automne.
Après Flore et Cérès, vient la riche Pomone
Qui prodigue ses dons, les fruits et les raisins,
Aux ceps des verts coteaux, aux arbres des jardins !...
Précurseurs de l'hiver, la *Vierge* et la *Balance* (1)
Exercent sur les champs leur humide influence ;
Et la feuille jaunie au souffle des vents chauds
Bientôt jonche le sol détrempé par les eaux....
L'oiseau se tait dans les bocages,
Le vent murmure à travers les rameaux,
L'hirondelle s'enfuit vers de lointaines plages
Pour chercher des pays plus chauds...
Elle y trouve le nid qui berça son enfance,
Un beau soleil, des vergers pleins de fleurs ;
Elle y trouve aussi l'abondance,
Son toit si cher et d'innocents bonheurs !...

(1) Deux des 12 constellations correspondant aux mois de septembre et d'octobre.

La Patrie.

Ravissante patrie,
Toujours chère aux grands cœurs,
Sois à jamais bénie,
On ne peut être heureux ailleurs !

C'est là que notre mère
Nous berça sur son sein,
Que son doux lait fit taire
Les cris qu'elle apaisait soudain ;

C'est sous le frais ombrage
De l'orme du hameau,
Qu'enfant, joyeux, volage,
On danse aux sons du chalumeau ;

Tout près c'est la chapelle
Et son petit clocher,
Où le Seigneur appelle
L'homme qu'il voulut racheter ;

Au pied de la montagne,
Des champs et des moissons,
Une belle campagne
Où résonne de joyeux sons....

Ce souvenir enflamme,
Attache au doux pays ;
Au loin soupire l'ame,
Elle pleure parents, amis !

Hélas ! qu'on est à plaindre
Sur le sol étranger !
On ne saurait trop craindre
De s'exposer à ce danger....

Aimons notre patrie,
Servons-la de tout cœur !
Donnons-lui notre vie
Si c'est utile à son bonheur !

L'Exilé.

Pauvre exilé, si loin de ma patrie,
Mon cœur soupire et mes yeux sont en pleurs !
Je ne vois plus, pour embellir ma vie,
Parents, amis, bosquets, champs pleins de fleurs !

Triste, isolé, sur un âpre rivage
Que l'aquilon désole nuit et jour,
Je n'entends plus, sur l'étrangère plage,
De mes amis les doux concerts d'amour !

Chère patrie, oh ! que je te regrette !
Pourrai-je un jour revoir tes verts coteaux,
Où le passant, ému, charmé, s'arrête
Pour admirer tes ravissants hameaux ?

Quand le printemps, chargé de fleurs nouvelles,
Reparaissait dans ces lieux enchanteurs,
Ah ! que j'aimais le chant des tourterelles,
L'azur des prés et le parfum des fleurs !

Là, je goûtais les douceurs de la vie
Dans ces vallons qu'animaient de doux chants ;
Mon âme aimante, étrangère à l'envie,
Se repaissait de plaisirs innocents....

Oh ! si jamais je quitte ces montagnes
Dont le front sombre excite mes regrets,

Je volerai vers ces belles campagnes
Pour y finir mes derniers jours en paix.

A ces trésors si vantés de Golconde,
A la richesse, à la gloire, à l'honneur,
Oh! je préfère, à ces faux biens du monde,
Et ma patrie et des amis de cœur !

Car le bonheur... c'est la chère patrie,
Le doux foyer où l'on reçut le jour,
Où dans les bras d'une mère chérie
On fut bercé sur son cœur plein d'amour !

Les Chercheurs d'or.

Si le destin fatalement vous presse
D'abandonner vos champs, votre pays,
N'oubliez pas que l'or ni la richesse
Ne valent pas les parents, les amis.

Vous cherchez l'or jusque dans l'Australie,
De l'Océan vous bravez le courroux !
O sots mortels, quelle est donc la manie
Qui vous tourmente et vous rend presque fous ?

Vous aimez l'or, ô pauvres imbéciles !
Qu'en faites-vous et vous sert-il de pain ?
Cultivez donc vos campagnes fertiles,
Tous les trésors sont enfouis dans leur sein !

L'amour de l'or, hélas ! c'est l'avarice
Qui souille l'âme et gangrène le cœur ;
C'est l'égoïsme ou ce penchant au vice
Qui reste froid, muet à la douleur....

Le chercheur d'or, dans l'ardeur qui l'enflamme,
Renîrait Dieu, sa femme et ses enfants ;
Il se pourrait qu'il engageât son âme
Pour posséder des pépites brillants !...

Au lieu de l'or, il trouve la misère,
L'assassinat ou mille autres dangers !
Et s'il revient du pays aurifère,
Il est guéri de l'amour des *placers*....

Les dons du généreux automne
Couvrent de fruits les beaux coteaux !
A son front brille une couronne
De pampres, de raisins nouveaux.

Ravi, l'œil admire la treille
Ployant sous le poids du raisin ;
Sur les ceps la grappe vermeille
Brille comme un charmant écrin.

Sous des fruits d'or l'arbre s'incline
Malgré ses étais protecteurs ;
Les fruits des vergers et la vigne
Payent à l'homme ses labeurs....

Dans les cuves le vin pétille
Sous les efforts des vignerons ;
En beaux prismes argentés brille
La mousse qui surnage en ronds.

Les caves de tonneaux s'emplissent,
Les celliers regorgent de fruits ;
Les greniers sous les blés gémissent,
Fuyez ! craintes et noirs soucis !...

De ces richesses l'infortune
Reçoit sa part avec bonheur :
Les précieux dons de Vertumne
Croissent aussi pour le malheur !...

C'est la saison où le village
Fait trève à ses rudes travaux ;
On joue, on rit sous le feuillage,
On chante en chœur sous les ormeaux.

Le dimanche, à l'église antique,
Le sonore et pieux airain
Appelle du beffroi gothique
Le peuple à l'office divin.

Après les travaux, c'est la fête
Du patron, aimé du hameau ;
A le prier chacun s'apprête :
De tous les jours c'est le plus beau (1).

Le soir, sous l'orme séculaire
Résonnent de rustiques chants,
Qui charment l'heureux centenaire
Souriant aux petits enfants !

Et sous son dôme de feuillage,
Que l'automne a déjà jauni,
Se réunit tout le village
Aux sons d'un gai *Paganini*....

C'est là que la foule se presse,
Qu'elle s'ébat à mille jeux,
Qu'elle se livre à l'allégresse
Que tous coulent des jours heureux....

(1) C'est dans les mois de septembre et d'octobre qu'ont lieu la plupart des fêtes villageoises ou fêtes patronales.

L'Hiver.

« L'hiver a ses beautés. Que j'aime et des frimas
« L'éclatante blancheur, et la glace brillante,
« En lustres azurés à ces roches pendantes !
« Et quel plaisir encor, lorsqu'échappé dans l'air,
« Un rayon du printemps vient embellir l'hiver ;
« Et, tel qu'un doux souris qui naît parmi des larmes,
« A la campagne en deuil rend un moment ses charmes !
« Qu'on goûte avec transport cette faveur des cieux !
« Quel beau jour peut valoir ce rayon précieux,
« Qui, du moins un instant, console la nature !
« Et si mon œil rencontre un reste de verdure
« Dans les champs dépouillés, combien j'aime à le voir !
« Aux plus doux souvenirs il mêle un doux espoir ;
« Et je jouis, malgré la froidure cruelle,
« Des beaux jours qu'il promet, des beaux jours qu'il rap-
(Delille). [pelle.

Avec le froid hiver et son rude cortège,
Reviennent les frimas, les aquilons, la neige.
Les opaques brouillards obscurcissent le jour ;
Dans les champs, dans les bois, plus de chant ni d'amour !
L'oiseau n'a pour abri que l'arbre sans feuillage
Que fait craquer des vents la redoutable rage.
Dans la campagne en deuil on n'entend d'autres chants
Que les cris des corbeaux emportés par les vents....
Malheur au voyageur, égaré dans la plaine,
Quand la neige la couvre, et que des vents l'haleine
La précipite au fond d'un abîme béant !
C'est alors que rugit le terrible Océan ;
Que d'affreuses clameurs, des désespoirs s'unissent
A l'horrible fracas des vagues qui mugissent,
Qui cachent dans leur sein des abîmes sans fond !...
L'Océan en courroux épouvante et confond
L'homme qui rougissait d'avoir une croyance,
Qui prie, espère et craint quand le péril s'avance.

Emporté par les flots, furieux, menaçants,
Il implore le ciel par des cris suppliants.
Et Dieu, le Dieu des mers le sauve du naufrage,
Et sa puissante main le transporte au rivage
Où la religion le recueille en son sein
Pour calmer ses frayeurs, pour être son soutien !...

Courbé sous le fardeau de ses longues années,
Le vieillard, comme un champ couvert de fleurs fanées
Par les torrides feux du soleil de l'été,
Le vieillard est pareil au coteau dévasté....
A l'aide d'un bâton il soutient sa faiblesse,
Ou la débilité de la froide vieillesse ;
Sur son front dégarni, ravagé par les ans,
Sont tracés des sillons burinés par le temps.
Tel un chêne orgueilleux, jadis roi du bocage,
Voit par les vents glacés emporter son feuillage,
Flétrir ses beaux rameaux, incliner son vieux tronc
Qui roule avec fracas dans le creux d'un vallon....

Heureux est le vieillard quand, au bord de la tombe,
En paix et sans regret à ses ans il succombe ;
Quand, à son lit de mort, une famille en pleurs
Laisse, avec son amour, exhaler ses douleurs !
Bon fils et tendre père, époux, ami fidèle,
A tous, parents, amis, il servait de modèle.
Remplissant ses devoirs d'excellent citoyen,
Il puisait ses vertus dans son amour du bien ;
Et comme il ne connut que son heureux village,
Ses jours étaient sereins, son ciel fut sans orage.
Abhorrant des cités le bruit et le danger,
Pour lui la ville était un pays étranger.
Au printemps, en été, même jusqu'en automne,
Aux arbres des vergers il trouvait pour couronne
Ou des bouquets de fleurs ou de beaux fruits dorés,
Par les rayons du ciel mûris et colorés....

Quand la pluie à torrents inonde la campagne,
Quand la neige blanchit les flancs de la montagne,

3

Que les champs dépouillés offrent partout à l'œil
Le spectacle navrant de la nature en deuil,
Le vieillard près du feu qui scintille dans l'âtre,
Eprouve un doux bien-être à la flamme rougeâtre ;
Entouré de l'amour de ses nombreux enfants,
Il reste sourd au bruit des fougueux éléments....
Quand apparaît la mort, rien n'afflige son âme ;
Un céleste rayon la ranime et l'enflamme ;
Une sainte auréole illumine son front !...
Ses yeux fermés au jour, au ciel se rouvriront
Pour contempler Celui dont la vaste puissance
A rempli l'univers de sa munificence ;
Qui décora le ciel d'astres majestueux
Qui roulent sur leur axe appuyé dans les cieux ;
Celui dont le bras fort sut mettre une barrière
Au terrible Océan, à sa fureur altière ;
Et qui d'êtres vivants, innombrables, divers,
Peupla la terre, l'air et les profondes mers....
Ah ! qu'il est grand ce Dieu qui fit tant de merveilles !
Bénissons-le le jour ainsi que dans nos veilles !
Que son nom, dans nos chants inspirés par l'amour,
Que son nom soit béni jusqu'au divin séjour !
C'est là que les vertus, les peines, la misère,
Les noires trahisons, qu'on trouve sur la terre,
Auront, pour récompense, un trésor éternel :
La palme des élus que Dieu décerne au Ciel....

L'autan, par sa brûlante haleine,
A desséché les frais vallons ;
Déjà la bise dans la plaine
Fait pressentir les aquilons.

De l'arbre la feuille séchée
Se détache au souffle du vent ;
Sur la froide terre jonchée
Elle roule en tourbillonnant.

Le soleil de brume se voile
En nous privant de sa chaleur ;
La voûte azurée a pour voile
Des frimas la terne blancheur.

En gros flocons la neige tombe
Sur les champs par l'hiver durcis :
C'est le froid linceuil de la tombe,
Signal lugubre des soucis !...

C'est la saison où la richesse
Invente de nouveaux plaisirs,
Lorsque la passion la presse
De contenter tous ses désirs.

Au foyer le feu qui pétille
Du froid adoucit l'âpreté ;
Une vive lumière brille
Au sein du palais enchanté....

A flots écumeux le vin coule
Autour des mets les plus exquis ;
Les chants de la joyeuse foule
Ondulent sous les beaux lambris.

Quand la neige encombre la rue
Et qu'elle tourbillonne aux vents,
Le pauvre, accroupi dans la rue,
Pleure aux doux sons des instruments !...

Le malheureux bien vite oublie
Ses vieux haillons, le froid, la faim,
Quand une tendre voix lui crie :
« Tiens, mon ami, voici du pain !

« Viens près de l'âtre, où le feu brille,
« Sécher tes membres tout mouillés ;

« Tu trouveras une famille,
« Des cœurs que l'or n'a pas souillés ;

« Le pauvre à qui le riche donne
« Est un ami de la maison ;
« Et le riche en faisant l'aumône
« Illustre à jamais son blazon....

Des hauts sommets de l'Empyrée
Dieu suscite de nobles cœurs
Qui, d'une famille éplorée
Savent endormir les douleurs.

Ah ! renaissez à l'espérance,
O vous qui souffrez ici-bas !
Vers vous la charité s'avance,
Tous elle vous suit pas à pas.

Voyez ! sur votre seuil un ange
Accourt vous apporter du pain !
Avec avidité le mange
Votre enfant qui pleurait de faim !

Sa parole comme une flamme
Pénètre et réchauffe le cœur :
C'est la brise ardente de l'âme,
Le souffle embaumé de la Sœur ! (1)

Cet ange bienfaisant c'est elle,
Douce messagère de Dieu,
Qui vient, rayonnante de zèle,
Ramener la paix dans ce lieu !

Sa voix tendre et mélodieuse,
Comme un écho tombant des cieux,

(1) La Sœur de Charité, cet ange qui se dévoue à toutes les douleurs, à toutes les misères, et dont rien n'arrête la sainte et sublime mission, excepté la mort....

Comme une lyre harmonieuse
Résonne au cœur du malheureux.

Son art merveilleux et ses armes,
Pour combattre des maux cruels,
C'est la prière ou bien les larmes
Qu'elle verse au pied des autels !

Les Orphelins.

Agenouillés sur cette pierre,
Vous gémissez sur vos malheurs !
Seuls, abandonnés sur la terre,
Ah ! priez Dieu dans vos douleurs !
Vous souffrirez sur cette plage
De la faim, du froid les tourments.
Hélas ! pauvres petits enfants,
En Dieu puisez votre courage !

CHOEUR.

Ah ! priez Dieu soir et matin,
Pauvres enfants qui n'avez plus de mère !
Celui qui règne au ciel et sur la terre
Aura pitié de l'orphelin !

Sans habits, les pieds dans la neige,
Ils cheminent en grelottant !
Rien ici-bas qui les protège
Du souffle rigoureux du vent !

Sur vous, enfants, la Providence
Comme une mère veillera ;
Sa main si bonne écartera
Les maux cuisants de votre enfance !

Ah ! priez Dieu soir et matin,
Pauvres enfants qui n'avez plus de mère !
Celui qui règne au ciel et sur la terre,
Aura pitié de l'orphelin !

Dans vos palais où l'or ruisselle,
Riches, donnez à ces enfants !
La bienfaisance porte en elle
Des souvenirs si ravissants !
Et Dieu bénit la main qui donne
Au malheureux qui meurt de faim.
Riches ! donnez à l'orphelin,
Vos dons seront votre couronne !

Ah ! priez Dieu soir et matin,
Pauvres enfants qui n'avez plus de mère !
Celui qui règne au ciel et sur la terre
Aura pitié de l'orphelin !

Pitié pour les Oiseaux ! (1)

A M. BARRAU, Rédacteur en chef du Journal des Instituteurs.

Les aquilons glacés ont fui vers d'autres plages.
Avril est revenu ! des verdoyants bocages
Résonnent mille chants ;
Les gazons et les fleurs, caressés par la brise,
Succèdent aux frimas, à la neige, à la bise
Qui désolaient les champs.

(1) Cette pièce a été insérée dans le 3e volume des *Olympiades* ou *Album de l'Union des Poëtes*, année 1860.

Le ciel bleu, constellé de merveilles sans nombre,
Sur les prés, sur les bois semble réfléchir l'ombre
De son limpide azur ;
Et des tièdes zéphyrs l'harmonieuse haleine
Murmure, parfumée, en fécondant la plaine,
Son hymne le plus pur.

Sur le dôme éthéré l'astre du jour rayonne ;
Secondant l'Eternel, à la campagne il donne
Et richesse et beauté ;
Il dore des côteaux la verdure naissante ;
Il donne aux tendres fleurs leur parure élégante,
Aux prés leur velouté.

C'est l'époque où l'oiseau bâtit dans la ramée
L'aérienne couche où sa famille aimée
Réchauffe ses enfants....
Qui donne tant d'amour, tant d'instinct de tendresse
A ces êtres chéris dont la joyeuse ivresse
Se réveille au printemps ?

C'est Celui dont le nom, sur la voûte étoilée,
Sur les monts, sur les mers, ainsi qu'à la vallée
Resplendit glorieux !
C'est Celui dont la main bienfaisante et bénie
Maintient dans l'univers la sublime harmonie
De la terre et des cieux !

Par des accords touchants et pleins de mélodie,
Le mâle, non loin d'elle, adresse à son amie
Ses plus tendres couplets ;
Et son timbre argentin vibrant dans la campagne,
Charme les longs ennuis de sa chère compagne
A l'ombre des bosquets. (1)

(1) Ces petits êtres si vifs, si légers, si inconstants, dit Aimé-Martin, deviennent tout-à-coup fidèles à leurs œufs. Les femelles ne chantent pas, sûrement parce qu'étant destinées à rester sur leurs couvées, ce talent aurait pu devenir funeste à

Lorsque l'astre argenté vers l'horizon s'avance,
Qu'aucun bruit n'interrompt le solennel silence
D'une nuit de printemps,
Alors de philomèle, au sein d'un frais bocage,
Résonnent, cadencés, le charmant babillage,
Les nocturnes accents.

Oh ! qu'elle est sa douleur lorsqu'une main perfide
Ravit à son amour et sous sa douce égide
Ses petits noúrissons !
Il va, désespéré, dans un lieu solitaire,
Confier aux échos le chagrin qui fait taire
Ses joyeuses chansons !

On ne peut trop blâmer l'impitoyable rage
De ces cœurs sans pitié qui portent le ravage
Dans les nids des oiseaux.
Les campagnes, sans eux, seraient tristes, muettes,
Et l'on n'entendrait plus leurs tendres chansonnettes,
Ni leurs concerts si beaux !

Un silence effrayant planerait sur les mondes,
Et les fruits et des fleurs, par des bouches immondes,
Seraient bientôt détruits !
Ah ! respectez, enfants, des chantres du bocage
Les petits que l'amour berce dans le feuillage
Où sont cachés leurs nids !

Si du sein maternel, parfumé de tendresse,
Une main téméraire, inflexible et traîtressse
Vous arrachait, enfants ?
De vos mères en deuil comprenez-vous les larmes,
Les plaintes et les cris, qui sont leurs seules armes
Dans les cruels moments ?

leurs petits, en attirant les chasseurs. Cependant le mâle est placé quelquefois sur un arbre voisin, et charme les peines maternelles par les symphonies les plus douces... S'il faut en croire M. Dupont de Nemours, qui comprend le langage des oiseaux, et à qui nous devons la traduction de l'hymne du rossignol, le mâle, pendant la couvée de la femelle, dit les plus jolies choses du monde.

A ces charmants oiseaux ne faites plus la guerre ;
Laissez leurs chers petits sous l'aile de leur mère,
Leurs chants vous béniront !
Ils loûront du Très-Haut la bonté, la puissance,
De la création la savante ordonnance,
Pour tous ils chanteront !....

La strophe suivante accompagnait ce chant que l'auteur a dédié à Monsieur T. Barrau, Rédacteur en chef du Manuel-Général de l'Instruction primaire, Journal mensuel des Instituteurs.

A vous, Monsieur, ce chant qu'une muse légère
M'inspira dans nos bois où le thym, la bruyère
Exaltent leurs senteurs ;
Où des milliers d'oiseaux chantent de la nature
Le beau ciel, les forêts, les tapis de verdure,
Et les champs pleins de fleurs.

(Mai 1858).

Hommage à Monsieur le Vicomte Foy, (1)

Préfet des Ardennes, Commandeur de la Légion-d'Honneur.

CHANT TRIOMPHAL

EN L'HONNEUR DE L'AGRICULTURE.

L'Agriculture est née avec le monde,
Et ses bienfaits sont comptés par milliers.
Honneur à l'art qui cultive, féconde,
Et qui remplit de moissons nos greniers !
De tous les arts l'Agriculture est mère,
Son sein fécond ne s'épuise jamais :
Heureux celui qui cultive la terre,
Il trouve aux champs le bonheur et la paix !

Le laboureur, au sein de l'abondance,
Trouve la joie en creusant ses sillons ;
Loin des cités et de la foule immense,
D'un monde impur il fuit les tourbillons.
Les fleurs, les bois embaument l'atmosphère,
L'air qu'il respire est bienfaisant et frais :
Heureux celui qui cultive la terre,
Il trouve aux champs le bonheur et la paix !

Dans la vallée où le ruisseau murmure,
Où mille fleurs émaillent les prés verts,
Le laboureur, auprès d'une onde pure,
Du bois voisin écoute les concerts.

(1) Les Ardennais reconnaissent avec bonheur que la famille illustre dont descend M. le Vicomte Foy, est du nombre de ces heureuses et grandes familles qui font non-seulement le plus bel ornement et l'appui le plus sûr d'une nation, mais dans lesquelles sont héréditaires le savoir, la noblesse des sentiments et le dévoûment au pays.

L.

Dans un bosquet, sur un lit de fougère,
Il peut rêver sous un feuillage épais :
Heureux celui qui cultive la terre,
Il trouve aux champs le bonheur et la paix !

Quand le pays réclame la vaillance
De ses enfants, héros dans les combats,
On voit surgir des beaux champs de la France
Des légions d'invincibles soldats.
Quand l'étranger menace la frontière,
C'est en chantant qu'ils quittent leurs guérêts :
Heureux celui qui cultive la terre,
Il trouve aux champs le bonheur et la paix :

Ces fiers enfants, chéris de la victoire,
De l'ennemi la terreur et l'effroi,
On les a vus, au chemin de la gloire,
Combattre et vaincre à l'exemple des Foy (1).
Lorsque apparaît de la paix la bannière,
C'est dans les champs qu'ils goûtent ses bienfaits :
Heureux celui qui cultive la terre,
Il trouve aux champs le bonheur et la paix !

O chers enfants des paisibles campagnes,
De la cité pourquoi grossir les flots ?
Heureux au pied de vos vertes montagnes,
Là-bas la faim causerait vos sanglots !...

(1) Foy (Maximilien-Sébastien), naquit, le 3 février 1775, à Ham (Somme). Son père, homme de savoir, qui avait combattu à Fontenoi, lui prédit une carrière brillante. « Rien de plus aimable, de plus gai, « de plus spirituel que l'enfance de Foy, dit M. Tissot... Chez lui, le « guerrier, l'administrateur, le député et l'orateur s'étaient formés « en même temps, ajoute le même historien. Sa tente fut toujours un « cabinet d'études : au sortir du champ de bataille, il courait à ses « livres. Familier avec la littérature ancienne, il aimait à réciter les « beaux vers de Virgile, son poète favori. On voyait autour de lui « les *Commentaires de César* et les *Campagnes de Frédéric*, à côté « d'un Tacite et d'un Montaigne. Les mathématiques, la physique et « l'histoire naturelle, l'économie politique, avaient attiré ses médi- « tations. »

Le vice, hélas ! la honte et la misère
Exciteraient vos éternels regrets !
Heureux celui qui cultive la terre,
Il trouve aux champs le bonheur et la paix !

Restez, amis, au toit qui vous vit naître,
Restez parmi la verdure et les fleurs ;
C'est en ces lieux qu'on apprend à connaître
Que la vertu vaut mieux que les grandeurs.
C'est là qu'on trouve, au sein d'une chaumière,
De doux plaisirs, inconnus aux palais :
Heureux celui qui cultive la terre,
Il trouve aux champs le bonheur et la paix !

(*Mai* 1857).

Le *Journal des Instituteurs* a inséré ce *Chœur* (paroles et musique) dans son 26e volume, qui a paru en 1858. — Voici le témoignage qu'en donne ce journal au commencement de l'année 1859 : « Parmi les morceaux de musique que le *Manuel général* a donnés « en 1858, il en est deux, un *Chœur triomphal en l'honneur de* « *l'Agriculture*, et un *Chant élégiaque sur la mort d'un jeune* « *élève*, qui valent, à eux seuls, bien au-delà du prix de l'abonne- « ment. »

« *Les Editeurs du Manuel général*,
« L. Hachette et Cie. »

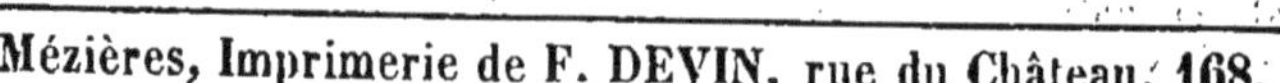

Mézières, Imprimerie de F. DEVIN, rue du Château, 168.

www.ingramcontent.com/pod-product-compliance
Ingram Content Group UK Ltd.
Pitfield, Milton Keynes, MK11 3LW, UK
UKHW021028200726
13857UKWH00004B/1651